게으름뱅이가 노인이 준
주둥이 망을 썼다가 소가 되고 말아요.
그 후로 편하게 살 수 있었을까요?

추천 감수_ 서대석
서울대학교와 동 대학원에서 구비문학을 전공하고 문학박사 학위를 받았습니다. 한국
구비문학회 회장과 한국고전문학회 회장을 지냈으며, 1984년부터 지금까지 서울대학
교 인문대학 국어국문학과 교수로 재직 중입니다. 〈한국구비문학대계〉 1-2, 2-2, 2-6,
2-7, 4-3 등 5권을 펴냈으며, 쓴 책으로 〈구비문학 개설〉, 〈전통 구비문학과 근대 공연
예술〉, 〈한국의 신화〉, 〈군담소설의 구조와 배경〉 등이 있습니다.

추천 감수_ 임치균
서울대학교 대학원에서 고전소설 연구로 문학박사 학위를 받고 현재 한국학중앙연구원
한국학대학원 어문예술계열 교수로 재직 중입니다. 한국학중앙연구원에서 문헌과 해석
운영위원으로 활동하고 있으며, 고전소설의 대중화 방안을 연구하여 일반인들에게 널
리 알리는 일에 앞장서고 있습니다. 쓴 책으로 〈조선조 대장편소설 연구〉, 〈한국 고전
소설의 세계〉(공저), 〈검은 바람〉 등이 있습니다.

추천 감수_ 김기형
고려대학교와 동 대학원에서 구비문학을 전공하고 문학박사 학위를 받았습니다. 현재
고려대학교 문과대학 국어국문학과 부교수로 판소리를 비롯한 우리 문학을 계승 발전
시키기 위해 노력하고 있습니다. 쓴 책으로 〈적벽가 연구〉, 〈수궁가 연구〉, 〈강도근 5가
전집〉, 〈한국의 판소리 문화〉, 〈한국 구비문학의 이해〉(공저) 등이 있습니다.

추천 감수_ 김병규
대구교육대학을 졸업하고 한국일보 신춘문예에 동화가, 중앙일보 신춘문예에 희곡이
당선되면서 작품 활동을 시작했습니다. 대한민국문학상, 소천아동문학상, 해강아동문
학상 등을 수상했으며, 현재 소년한국일보 편집국장으로 재직 중입니다. 쓴 책으로 〈나
무는 왜 겨울에 옷을 벗는가〉, 〈푸렁별에서 온 손님〉, 〈그림 속의 파란 단추〉 등이 있습
니다.

추천 감수_ 배익천
경북 영양에서 태어났습니다. 1974년 한국일보 신춘문예에 동화가 당선되었고, 〈마음
을 찍는 발자국〉, 〈눈사람의 휘파람〉, 〈냉이꽃〉, 〈은빛 날개의 가슴〉 등의 동화집을 펴
냈습니다. 한국아동문학상, 대한민국문학상, 세종아동문학상 등을 받았으며, 현재 부산
MBC에서 발행하는 〈어린이문예〉 편집주간으로 일하고 있습니다.

글_ 신지은
부산대학교 대학원에서 국어국문학을 공부하고 계몽아동문학회에서 후원하는 제2회
황금펜아동문학상을 수상하면서 본격적으로 어린이 책을 쓰는 작가가 되었습니다.
2004년 국제신문 신춘문예에 당선되었습니다. 쓴 책으로 〈꼬리 빵즈〉 등이 있습니다.

그림_ 김천정
이탈리아 인스티투토 유로페오 디 디자인에서 그림을 공부하고 1984년과 1995년 두 번
의 개인전을 열었습니다. 1978년 조일광고상 본상, 1988년 한국어린이도서상 일러스트
레이션 부문을 수상하였으며, 그린 책으로 〈아기 꽃게의 모험〉, 〈의좋은 형제〉, 〈꽃을 피
워 준 둥둥이〉 등이 있습니다.

소년한국
우수어린이
도서수상

〈말랑말랑 우리전래동화〉는 소년한국일보사가 국내 최고의
도서 제품을 선정하여 주는 우수어린이 도서를 여러 출판
사의 많은 후보작과의 치열한 경쟁을 뚫고 수상하였습니다.

말랑말랑 우리전래동화
㊺ 웃음과 풍자
소가 된 게으름뱅이

발 행 인 박희철
발 행 처 한국헤밍웨이
출판등록 제406-2013-000056호
주   소 경기도 성남시 분당구 금곡동 444-148
대표전화 031-715-7722
팩   스 031-786-1100
편   집 이영혜, 이승희, 최부옥, 김지균, 송정호
디 자 인 조수진, 우지영, 성지현, 선우소연
사진제공 이미지클릭, 연합포토, 중앙포토

△ 주의 : 본 교재를 던지거나 떨어뜨리면 다칠 우려가 있으니 주의하십시오.
　　　　 고온 다습한 장소나 직사광선이 닿는 장소에는 보관을 피해 주십시오.

소가 된 게으름뱅이

글 신지은 그림 김천정

한국헤밍웨이

옛날, 산골 마을에 아주 게으른 총각이 살았어.
아버지가 나무를 하러 가도 방 안에서 뒹굴뒹굴,
어머니가 밭을 매러 가도 하늘만 멀뚱멀뚱.
게다가 한 달에 한 번 씻을까 말까 했지.
그러니 부모님 걱정이 오죽했겠어.
"어휴, 장가를 가면 좀 달라지려나?"

총각은 장가를 들게 되었어.
아랫마을에서 제일 부지런한 처녀를 색시로 삼았지.
결혼하는 날 마을 사람들이 수군거렸어.
"게으름뱅이가 복도 많지."
색시는 낮에는 논밭을 매고 방아를 찧었어.
밤에는 졸린 눈을 비벼 가며 베를 짰지.
그래도 게으름뱅이는 쿨쿨 잠만 잤어.

9

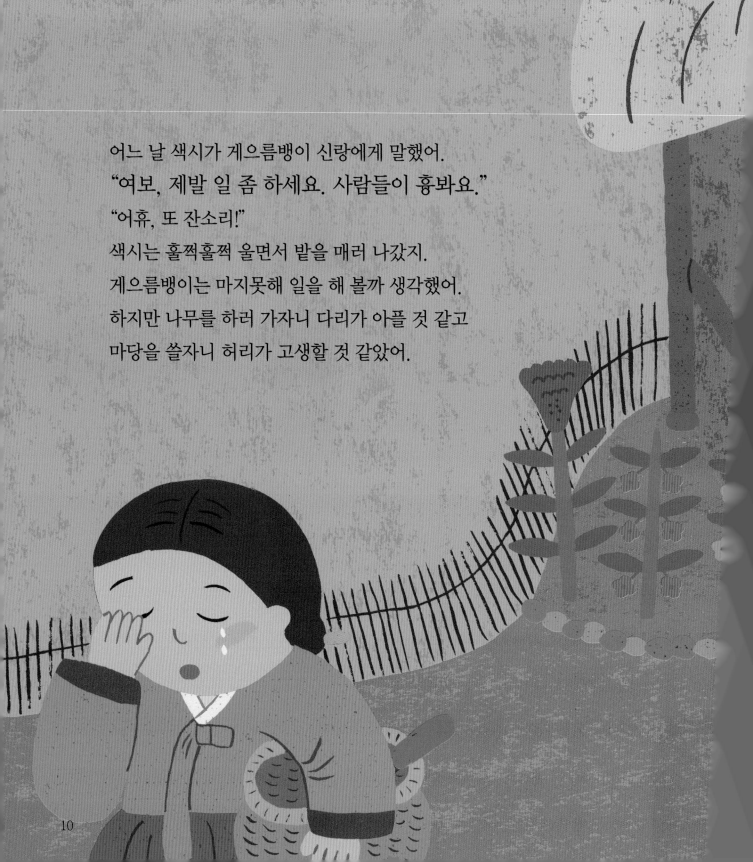

어느 날 색시가 게으름뱅이 신랑에게 말했어.
"여보, 제발 일 좀 하세요. 사람들이 흉봐요."
"어휴, 또 잔소리!"
색시는 훌쩍훌쩍 울면서 밭을 매러 나갔지.
게으름뱅이는 마지못해 일을 해 볼까 생각했어.
하지만 나무를 하러 가자니 다리가 아플 것 같고
마당을 쓸자니 허리가 고생할 것 같았어.

그런데 누워 있던 게으름뱅이의 눈에 베틀이 보였어.
베틀에는 색시가 짠 베가 걸려 있었지.
'저 베를 팔아서 술이나 실컷 마시자.
그리고 평생 놀면서 살 수 있는 곳을 찾아봐야지.'
게으름뱅이는 베를 둘러메고 집을 나섰어.
색시가 불쑥 나타날 것 같아 조마조마했지.
사립문 밖을 요리조리 살핀 게으름뱅이는
살금살금 *고샅길을 빠져나왔어.

*고샅길 : 시골이나 마을의 좁은 길을 뜻해요.

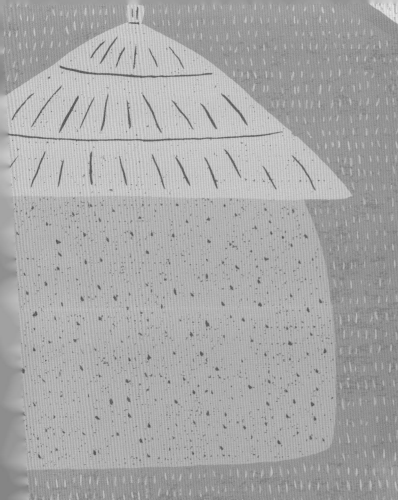

들판에서는 사람들이 모여 보리타작이 한창이었어.
색시도 열심히 일하고 있었지.
'저리 힘든 일을 왜 할까?'
게으름뱅이는 다시 집으로 갈까, 장터로 갈까
망설이다가 에라 모르겠다, 무작정 뛰기 시작했어.
'내 평생 뛰는 것도 이번이 마지막이야.'

게으름뱅이는 산등성이에 다다랐어.
그런데 나무 밑에 하얀 옷을 입은 노인이 앉아
무언가 열심히 만들고 있는 거야.
게으름뱅이는 노인에게 다가가 물었어.
"어르신, 대체 무얼 만들고 계세요?"
노인은 게으름뱅이를 뚫어져라 쳐다봤어.
"자네는 알 필요 없으니, 가던 길이나 가게."
게으름뱅이는 쪼그리고 앉아 지켜보았어.

마침내 노인은 그 물건을 치켜들며 소리를 질렀어.
"소 주둥이 망 사시오!"
"난 소가 없으니 내겐 필요 없는 물건이네요."
게으름뱅이가 일어서려 하자 노인이 말했어.
"이건 사람이 쓰는 거라오.
이걸 쓰면 소처럼 빈둥대며 살 수 있거든."
게으름뱅이는 귀가 번쩍 뜨였어.

19

게으름뱅이는 주둥이 망이 꼭 갖고 싶어졌어.

"이 베를 드릴 테니 그 망을 제게 주세요."

"안 돼. 자네는 소처럼 못 살 거야."

"한 번만, 딱 한 번만 써 보게 해 주세요."

"좋아. 소가 되어도 좋다는 말이지?"

게으름뱅이는 주둥이 망을 받아 얼굴에 둘렀어.

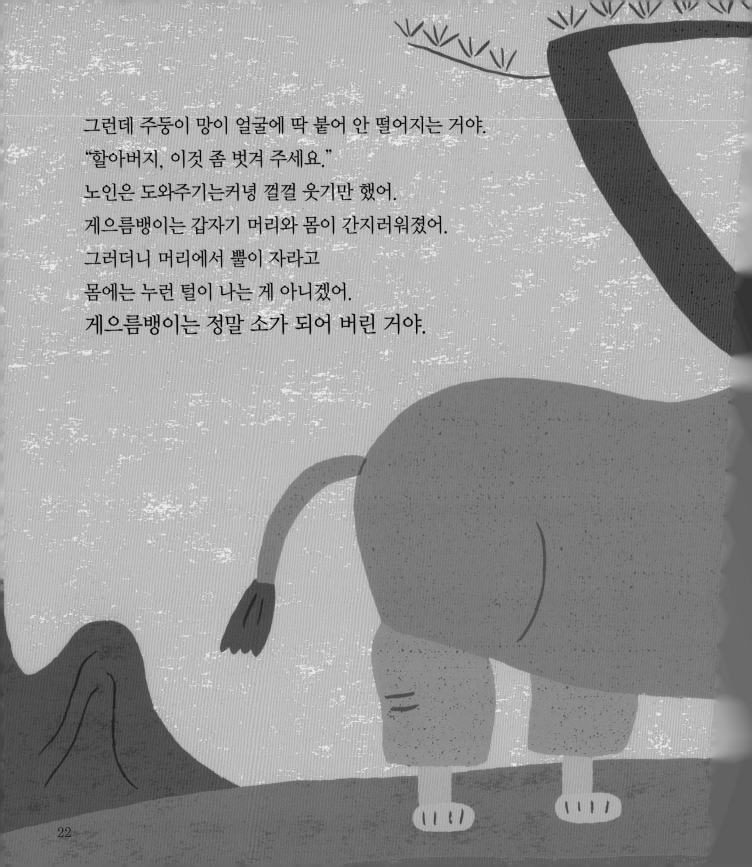

그런데 주둥이 망이 얼굴에 딱 붙어 안 떨어지는 거야.
"할아버지, 이것 좀 벗겨 주세요."
노인은 도와주기는커녕 껄껄 웃기만 했어.
게으름뱅이는 갑자기 머리와 몸이 간지러워졌어.
그러더니 머리에서 뿔이 자라고
몸에는 누런 털이 나는 게 아니겠어.
게으름뱅이는 정말 소가 되어 버린 거야.

24

노인은 게으름뱅이를 끌고 시장으로 갔어.

"난 소가 아니에요. 소가 아니란 말이에요."

하지만 '음매음매' 소 울음소리만 날 뿐이었어.

그때 새까만 턱수염이 난 농부가 다가왔어.

"그 소 울음소리 한번 우렁차네."

"이 소는 먹지도 않고 자지도 않소.

그저 일만 시키면 된다오."

노인은 농부에게 소를 팔며 말했어.

"이 소는 무를 먹으면 죽는다오. 절대 무를 주지 마시오."

25

다음 날, 게으름뱅이는 아침 일찍 밭으로 끌려갔어.
"이랴! 어서 이 밭 갈고 김 서방네 밭도 갈자."
농부는 채찍으로 게으름뱅이의 등을 찰싹찰싹 때렸어.
"아야, 때리지 마요. 너무 아파요."
소리쳐도 소용없었어.
하루 종일 밭을 갈아야 했지.

27

밤이 되자, 농부는 게으름뱅이를 외양간에 두었어.
하루 종일 걸어서 다리가 욱신거렸어.
무거운 쟁기를 메고 다녀서 어깨도 빠질 듯 아팠지.
'일은 않고 빈둥거리기만 해서 벌 받은 거야.'
게으름뱅이는 뒤늦게 후회를 했지.
'색시야, 보고 싶다.'
밤하늘에 떠 있는 보름달이 둥그런 색시 얼굴 같았어.

게으름뱅이는 매일매일 채찍을 맞으며 밭을 갈았어.
농부는 햇볕이 쨍쨍 내리쬐는 날에도
물 한 모금 주지 않고, 잠시도 쉬지 못하게 했어.
게으름뱅이는 너무 힘들어서
평생 소로 사느니 죽는 게 낫다고 생각했지.
하루는 밭을 가는데 옆에 무밭이 보였어.
'저 무를 먹고 죽어 버릴 거야.'
게으름뱅이는 달려가서 무를 뽑아 물고 어적어적 씹었어.

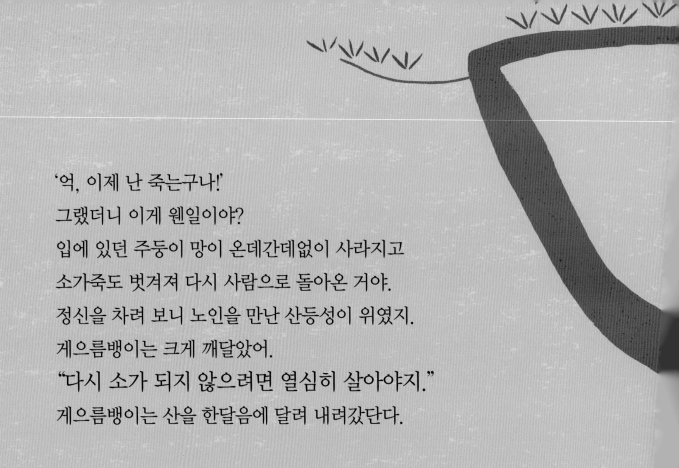

'억, 이제 난 죽는구나!'
그랬더니 이게 웬일이야?
입에 있던 주둥이 망이 온데간데없이 사라지고
소가죽도 벗겨져 다시 사람으로 돌아온 거야.
정신을 차려 보니 노인을 만난 산등성이 위였지.
게으름뱅이는 크게 깨달았어.
"다시 소가 되지 않으려면 열심히 살아야지."
게으름뱅이는 산을 한달음에 달려 내려갔단다.

소가 된 게으름뱅이 작품해설

옛날에 소는 농사를 짓기 위해 반드시 필요한 가축으로, 농민들의 가장 귀한 재산 중 하나였어요. 또한 소는 성실함과 근면함, 충직함 등의 상징으로도 널리 알려져 있지요.

소의 충직함에 관한 이야기로는 조선 시대 〈삼강행실도〉에 실려 있는 호랑이로부터 주인을 구하고 죽은 소에 관한 이야기, 멀리 팔려 간 소가 주인이 죽자 고향 집으로 돌아와 슬피 울었다는 이야기 등 다양한 내용이 전해져 옵니다. 이처럼 옛이야기에 소가 많이 등장하는 것은 '소'의 모습에 빗대어 순수하지 못하고 이기적이며, 부지런하지 못한 사람들을 꾸짖기 위해서입니다.

작품 속 게으름뱅이는 장가를 들어서도 제 버릇을 고치지 못하고 빈둥거리고 게으름을 피웁니다. 보다 못한 색시가 잔소리를 해도 들은 척도 하지 않지요.

그러던 어느 날, 게으름뱅이는 색시가 짠 베를 가지고 집을 나옵니다. 그런데 산등성이에서 웬 노인을 만나게 되지요. 노인은 둘러쓰기만 하면 소처럼 빈둥대며 살 수 있는 주둥이 망을 만들고 있다고 했습니다. 그 물건이 자기에게 딱 어울린다고 생각한 게으름뱅이는 노인이 만든 주둥이 망을 둘러써 봅니다.

그 순간 게으름뱅이는 소로 변하고 말지요. 노인은 소로 변한 게으름뱅이를 장에 내다 팔면서 무를 먹이면 죽으니, 먹여서는 안 된다고 당부를 합니다. 새 주인에게 팔려 간 게으름뱅이는 이른 아침부터 늦은 밤까지 물 한 모금 마시지 못하고 힘들게 일합니다.

결국 견디다 못한 게으름뱅이는 죽을 생각으로 무를 먹습니다. 그러자 소가죽이 벗겨지면서 사람으로 돌아오지요. 그 뒤로 게으름뱅이는 자기의 행동을 뉘우치고 부지런한 사람이 되었다고 해요.

이 이야기는 스스로 땀 흘려 일하는 것이 얼마나 소중한 것인지 그 가치를 깨닫게 해 주고, 근면하게 살아야 한다는 교훈을 줍니다.

꼭 알아야 할 작품 속 우리 문화

 방아

벼나 보리 같은 곡식을 거두면 껍질을 벗기거나 빻아야 먹을 수 있어요. 방아는 이때 사용하는 농기구예요. 방아는 종류가 다양해요. 발을 디디어 찧는 '디딜방아', 물의 힘을 이용하는 '물레방아', 가축의 힘을 이용하는 '연자방아' 등이 있지요. 이런 방아들은 크고 만들기 힘들어, 집에서는 간편하게 절구를 사용했어요. 절구는 절구통에다 곡식을 넣고 혼자 힘으로 곡식을 빻는 도구예요. 안이 둥글게 파인 절구통에 곡식을 넣고, 절굿공이로 내려쳐서 빻지요.

▲디딜방아

 보리타작

밭에서 키운 보리를 거두는 것을 보리타작이라고 해요. 보리는 예로부터 우리 민족이 쌀 다음으로 많이 먹던 주식이에요. 빵이나 맥주 등을 만드는 재료로도 쓰이고, 밥을 지을 때 쌀과 섞어 먹기도 하지요.

보리는 대개 쌀을 수확하고 난 다음에 심어요. 옛날에는 식량이 귀해, 한 해 흉년이 들면 굶는 사람들이 많았어요. 그럴 때 보리를 수확하면 귀한 식량이 되었어요. 그래서 보리를 수확할 때가 되면 마을 사람들 모두 신이 났지요. 보리는 일단 낫으로 베어 낸 뒤, 햇볕에 말려요. 그 후에 넓은 자리에 펼쳐 놓고, 도리깨로 두드려요.

조상의 지혜를 배우는 속담 여행

〈소가 된 게으름뱅이〉에서 게으름뱅이 총각은 무척이나 게을렀어요. 장가를 가서도 게으름은 여전했지요. 이렇게 한번 몸에 밴 버릇은 고치기가 무척 어렵지요. 여기에서 배울 수 있는 속담을 알아보아요.

제 버릇 개 줄까

한번 습관이 되어 버린 나쁜 버릇은 고치기가 어렵다는 말이에요.

전래 동화로 미리 배우는 교과서

🕯 마을 사람들은 게으름뱅이가 혼인하자 복이 많다고 수군거려요. 사람들이 왜 그렇게 말했을까요?

🐚 게으름뱅이는 소가 된 뒤에 후회를 해요. 여러분은 되고 싶은 동물이 있나요? 어떤 동물이며 왜 그 동물이 되고 싶은지 말해 보세요.

🌱 아래 그림에 나오는 이들을 책에서 찾아보고, 각각의 인물이 어떤 사람인지 말해 보세요.

💜 1~2학년군 국어 ④-나 9. 인형극 공연은 재미있어요 278~281쪽